Je viens d'un pays de neige

suivi de

Free Taxe

Anne Jolivet

Editions L'ŒIL DU PRINCE
119 rue Léon-Maurice Nordmann
75013 Paris

Edition en partenariat avec la FNCTA
(Fédération Nationale des Compagnies de Théâtre et d'Animation)

Oeil du prince : *C'est la place d'où l'on peut le mieux voir le spectacle ; elle correspond au septième rang de l'orchestre, là où est installé, pour les répétitions, un pupitre avec une petite lampe pour le metteur en scène et son assistant.*

Editions Le Robert
« Dictionnaire de La Langue du Théâtre »

ISBN : 2-35105-013-4

NOTE SUR L'AUTEUR

Après une formation au cours Simon, Anne Jolivet travaille sous la direction d'Antoine Bourseiller, Jorge Lavelli, Jacques Mauclair, Jean-Claude Carrière, Copi, Jérôme Savary et Daniel Gélin. Elle interprète Shakespeare, Arrabal, Copi, Maupassant, Peter Terson et Richard Harris. Tempo : « Molière du spectacle musical. »

Au cinéma et à la télévision, elle travaille avec Alex Joffé, Boris Bergman, Pierre-Alain Jolivet, Jean-Luc Godard, Med Hondo, Lazare Iglésis, Jean-Pierre Marchand, Gilles Legrand, Pascal Goethals, Jean Streff, Yannick Andreï, Henry Colpi.

Elle écrit sa première pièce, *Sammy Doc et Fifi*, créée à Paris en 1999, puis montée en Suisse à Villeneuve et à la Tour du Peilz. Traduite en espagnol, elle est jouée à Malaga et à Madrid.

PIÈCES DE THÉÂTRE

- *Sammy Doc et Fifi* avec Gérard Berner, Jacques Ebner, Serge Sauvion (éditions Art et Comédie)
- *Le mac a mangé mon mec* (éditions Art et Comédie)
- *Le café de la dernière chance*
- *Sexy dancing*

PIÈCES RADIOPHONIQUES

- *Tu leur diras que j'étais belle*
- *J'ai commandé du sable blanc*
- *Bonjour Monsieur de Montherlant*
- *Rose elle voulait son bad boy*
- *Je ne savais pas*
- *Free Taxe*
- Jet set
- Virage
- *Fucking focus*
- *Help un bébé peut en cacher un autre*
- *Maxi blues*
- *Trois hommes, une femme et personne*

En 2001, elle obtient le prix Nouveau talent auteur décerné par la S.A.C.D.

Pour *Louise la vierge rouge*, elle obtient une bourse Beaumarchais.

JE VIENS D'UN PAYS DE NEIGE

JE VIENS D'UN PAYS DE NEIGE

a été créée le 8 février 2005 au théâtre Déjazet à Paris

avec

Myriam Boyer

Mise en scène : Didier Long

Myriam Boyer a été nommée aux Molières dans la catégorie « Meilleure comédienne »

JE VIENS D'UN PAYS DE NEIGE

Le fauteuil à bascule oscille entre rêves et souvenirs tenaces, scande à la manière d'un métronome le décompte des années passées et la somme des espoirs à venir, d'avant en arrière, doucement ou frénétiquement quand s'emballe le balancier de l'horloge intérieure. Il est à la fois le temps et l'espace réservé, l'îlot imprenable pour « elle ». Elle qui sait dans sa solitude que la différence entre la vie et l'oubli, c'est l'agitation et les tourments de l'esprit. En face du fauteuil, une fenêtre fermée au froid de l'extérieur. Mais grande ouverte sur l'imaginaire, les éclats de rires, les mises au point et les règlements de compte. Quand la nuit tombe, la fenêtre devient miroir. Le passage extérieur laisse place à son reflet à « elle ».

Du fauteuil à la fenêtre, un chemin de vie qu'elle sillonne creuse encore et encore. Mais demain c'est Noël et, derrière la fenêtre, une lumière s'est brusquement allumée : Anna est de retour. « Elle » l'attend depuis si longtemps, et aujourd'hui, maintenant, Anna doit enfin traverser la rue et venir ici, chez « elle ». Il y a tant de choses à raconter, à voir, tant de questions à poser, tant à comprendre depuis la disparition d'Anna en 1942.

Et si Anna ne venait pas ?

Didier Long
Janvier 2005

LA PIÈCE

Pourquoi et comment naît le désir de mettre en scène ?

La rencontre d'un texte et d'une comédienne ?

Le désir fait écho à la nécessité et Myriam Boyer dans ce microcosme des comédiennes est indispensable. Elle est d'un engagement plein, absolu, rare. J'aime à le dire et à le répéter.

Anne Jolivet raconte une histoire simple, universelle, dans laquelle la grande Histoire croise la petite histoire qui nous concerne tous. L'humain est au centre de la pièce et la pierre de touche des rapports privilégiés entre un auteur, une comédienne et un metteur en scène.

Didier Long
Janvier 2005

Productrice et Comédienne

Pas banal. Il est vrai que le travail de productrice semble être antagonique avec celui de comédienne. Depuis ma première aventure de productrice pour le film *Le Voyage à Paimpol* adapté du roman de Dorothée Letessier, en passant par mon propre film *La Mère Christain*, j'ai le sentiment à chacune de mes productions d'être au contraire une comédienne qui se donne, malgré toutes les difficultés qu'on imagine, les moyens de pousser mon art à l'extrême. Aujourd'hui, *Je viens d'un pays de neige* d'Anne Jolivet, mise en scène de Didier Long, est l'expression de ma détermination pour faire exister ce texte dans tous les sens du terme.

Myriam Boyer
Janvier 2005

Note : Tous les mots allemands ou yiddish sont écrits en phonétique, afin de faciliter le travail des acteurs qui ne parlent pas forcément ces deux langues.

Il fait nuit. Un rocking-chair, près d'une fenêtre recouverte de givre. Nous sommes en 1970. Maria se balance dans son rocking-chair en faisant des mots croisés. Elle a cinquante ans. Elle réfléchit, sèche sur ses mots croisés, suce son crayon comme une petite fille. Elle a tout son temps. Elle lit à haute voix la définition d'un mot qu'elle ne trouve pas.

MARIA - « "Tu seras un homme, mon fils" est un de ses messages. » Tu seras un homme mon fils ! Quel est le connard qui a dit ça ? Et juste avant de mourir, je suis sûre... Il y a qu'un homme pour dire un truc pareil à son enfant. Il y a qu'un homme pour laminer son moutard avec un truc pareil ! *(Temps.)* Une femme aurait dit : « Sois heureux... Pense à toi... Ne soit pas triste... "Rosebud"... » Mais pas : « Tu seras un homme, mon fils... » *(Elle referme son manuel de mots croisés.)* Je sais pas qui a dit ça et j'en ai rien à foutre... Ce qui m'énerve, c'est que j'aurais bien aimé finir mes mots croisés... Je finis jamais rien... Je commence et je finis pas. Les livres, les tricots, les histoires d'amour, les mots croisés... Rien que des débuts et jamais de fins... J'aime pas les fins...

Maria s'approche de la fenêtre. Son regard se fixe sur l'immeuble d'en face où une fenêtre vient de s'éclairer. Elle a l'air perturbée.

C'est pas possible... C'est pas possible... Anna est de retour... Oh non! C'est pas possible... Il faut être fou pour voyager par un temps pareil! Anna a toujours été frileuse. Moi, je ne crains pas l'hiver, je viens d'un pays de neige. Là-bas, lorsque tout est blanc, jusqu'au bout du bout de l'horizon, et que la nuit est si noire qu'elle fait peur, moi je me sens bien. Mais je ne vais plus là-bas.

Maria marche de long en large. Elle semble de plus en plus agitée.

Je n'aurais jamais cru qu'Anna reviendrait après... vingt-sept... vingt-huit ans... Pourquoi est-ce qu'elle ne m'a pas prévenue? Vingt-huit ans que cette fenêtre est noire, et ce soir... La lumière... C'est pas croyable... Anna... C'est pas possible...

Maria s'approche de la fenêtre.

Oh là là... Qu'est-ce qu'il fait froid ce soir! Je sens le vent à travers les carreaux, dis donc. Ou alors la chaleur de l'intérieur est si forte qu'elle rend le froid du dehors encore plus froid... Comme avant... Ça ressemble aux grands froids d'avant, ça. Il n'y a plus d'hivers aussi froids de nos jours. *(Temps.)* C'est maintenant qu'il va neiger vraiment. Tout à l'heure, les flocons qui tombaient, c'était pour faire joli, mais cette nuit, ce sera... comme avant. *(A nouveau elle change de ton.)* Tout de même, elle aurait pu me prévenir! Elle me doit bien ça! *(Elle rit.)* Non... Elle ne me doit rien du tout. *(Temps.)* Rien du tout. Mais au nom de notre amitié, Anna aurait dû me prévenir... Elle va m'appeler, c'est sûr. Mon numéro n'a pas changé, elle va m'appeler... Ou alors, elle passera me voir... Ne serait-ce qu'une minute.

Maria reprend le ton qu'elle avait au début de la pièce. Un ton vif, populaire, énergique. Elle se démaquille à l'aide d'un kleenex.

Oh! pute borgne! Si elle me voit comme ça, elle va pas être contente! Dieu sait qu'on s'est beaucoup fricotées, toutes les deux, mais on va pas recommencer ce soir. Pas le premier soir. D'ailleurs, il faut bien reconnaître qu'on s'est toujours fricotées pour la même raison. Les jours de grand froid, je voulais sortir, et toi, niet! Les jours de grand froid, c'était maison, gâteaux secs et thé au lait. Humphrey Bogart en personne t'aurait invitée à dîner un jour de grand froid, t'aurais refusé... Alors que moi, le premier peigne-cul qui m'aurait invitée... même par moins dix, j'aurais dit oui...

Maria se tourne vers la fenêtre.

N'empêche que t'aurais pu prévenir! Vingt-huit ans... On prévient, au bout de vingt-huit ans! Et tes parents? Ils sont rentrés avec toi? Lucien et Minette... Ça me ferait plaisir de les revoir. Les miens sont morts dans un accident de voiture. Le 16 août 1953. Ça fait dix-sept ans. Maman a voulu prendre le volant absolument... Non, mais absolument... Tu sais comment elle était quand elle voulait quelque chose... Capricieuse, mon vieux... Remarque, elle avait des excuses. Avec tout ce qu'elle se tapait comme boulot... La comptabilité pour la fabrique de pneus de papa, la cuisine, le ménage, le lavage, le repassage… Tout ! Elle faisait tout ! Et papa se contentait de lever le pouce ou de le baisser pour dire : « c'est bien » ou « c'est pas bien ». Enfin… En tout cas, maman n'aurait jamais dû conduire, elle était dyslexique… Alors forcément, gauche-droite, gauche-droite… Elle a confondu l'accélérateur et le frein, et pan ! terminé, « arrivederci »… sur la nationale 7, le 16 août 1953.

Temps.

Ben non, tu l'as pas su, je savais pas où tu étais ! C'est pour ça que revoir Lucien et Minette, ça me ferait du bien. Ça serait un peu de papa et maman qui reviendrait. Une bouffée de papa et maman… *(Temps.)* Minette… Pourquoi on l'appelait Minette, Minette ? *(Elle chantonne.)* « Minette, Minette… C'est un petit nom charmant… » Ah ! si ! Ses yeux ! C'est à cause de ses yeux verts… Des jolis yeux verts, taillés en amende. 53… Ils ont tué les Rosenberg, et mes parents sont morts… Bientôt le 31 décembre. Encore une année de passée. Demain, j'irai marcher dans la neige. J'irai au parc marcher dans la neige… Quand les yeux brillent, que la peau rougit et qu'on serre les poings dans ses poches parce qu'il fait froid, moi je me sens bien. Quoique, maintenant…

Maria va à la fenêtre et se met à crier.

On prévient, au bout de vingt-huit ans ! Une immersion aussi brutale dans le passé, ça fait pas que du bien !

Maria repart dans ses pensées.

Maintenant, c'est comme si j'avais froid dedans. Comme

si le sang ne circulait plus dans mes veines... Ah... C'est la toundra, la toundra, la toundra, la toundra... *(Elle répète ce mot sur tous les tons, presque en les chantant.)* C'est la toundra... Cette saloperie de machine à remonter le temps fonctionne bien. Je suis revenue à la case « départ du départ ». J'ai froid... J'ai froid... Je vis dans une putain d'ère glaciaire qui me consume. Qui me brûle là-dedans. Vingt-huit ans... Tu sais ce qui risque d'arriver, Anna ? On risque de ne pas se reconnaître ! Voilà ! Non... Pas nous... La toute première fois qu'on s'est vues, on s'est reconnues, alors... On n'a pas pu s'oublier... La toute première fois... *(Elle rit.)* Il faisait aussi froid qu'aujourd'hui, je crois bien... Oh oui !... Oui, je me souviens. C'était... dans la maison, là-bas... au bout du bout de la Lorraine. Pas tout à fait l'Alsace, pas encore l'Allemagne... J'ai ouvert la porte : « Oh ! une petite fille, comme moi ! » Derrière toi, Lucien et Minette, les copains de papa-maman, dont j'avais tellement entendu parler. Ceux qui étaient montés à Paris et qui avaient réussi... « Bonjour... – Bonjour... – Le voyage ? – Fatigant, le voyage ? – Non, non... » On a tout de suite su qu'on allait s'entendre, toi et moi. Le soir même, on était prêtes à mourir l'une pour l'autre. Inséparables, accrochées, scotchées, soudées l'une à l'autre comme des siamoises. Il n'y a que les morbacs pour s'accrocher comme ça. Tu as aimé notre maison... Moi aussi, je l'aimais. Deux étages, des fenêtres et des escaliers partout... Une bibliothèque et un jardin avec une tonnelle faite pour rêver en regardant mûrir le raisin. Et puis...

dans le chemin qui menait au potager… comme ça… posé au milieu du chemin, on avait laissé un traîneau qui nous servirait d'épouvantail à moineaux. *(Elle rit.)* J'avais piqué un manteau et un chapeau de ma grand-mère pour… *(Elle fait des gestes indiquant l'épouvantail.)* Pour faire l'épouvantail, quoi ! Une sorte de vengeance, parce que ma grand-mère était une brise-burnes confirmée et une peau de vache qui n'aimait que son chien. Elle lui parlait comme à un gosse. Il y a des gens qui parlent à leur chien comme à un gosse et à leur gosse comme à un chien. Elle était comme ça. Bouh !… Je le détestais son bâtard ! Je le détestais ! J'aimais pas ma grand-mère non plus… Les jours de mauvaise lune, elle restait au lit, bien calée dans ses oreillers, un parapluie ouvert au-dessus de sa tête, comme ça, elle regardait droit devant elle, sans rien dire. Ça pouvait durer toute la journée. On appelait ça le « Complexe Proust ». Non, je ne l'aimais pas… Enfin, pas trop. Elle disait que je tournerais mal et qu'on aurait mieux fait de m'oublier sur le parvis de l'église à ma naissance. Ben oui, je sais, je sais… C'est pas gentil, mais elle le disait… Même si elle ne le pensait pas vraiment, elle le disait. Au bout du jardin, il y avait un chemin qui menait à la voie ferrée. Quand les trains passaient, ça faisait trembler la lampe au-dessus de la table de cuisine. *(Temps.)* Je déteste les trains. Je déteste les trains.

Maria essaye de danser.

Tu me manques, Anna, tu me manques. Je pense à toi tous les jours. C'est dingue ! C'est absolument insensé, irrationnel et incompréhensible, c't'histoire ! Anna, tu as disparu il y a vingt-huit ans et tu es plus présente dans ma vie que tous ceux que je vois tous les jours. Nos fous rires me manquent, nos disputes me manquent, nos secrets me manquent!... T'es une chienne, voilà ce que t'es.

Maria essaye de danser une danse traditionnelle irlandaise.

Ça c'est mon truc, les danses irlandaises. Va savoir pourquoi... Il y a pas eu d'ancêtres ni d'amis Irlandais dans la famille. Pas de penchant immodéré pour l'irish coffee, non plus... Mais la gambette qui tourne, ça j'aime bien.

Elle a mal à la jambe.

Aïe!... Aïe!... Aïe!... Ah... Ma jambe... Aïe!...

Maria va s'asseoir.

Toi, tu as toujours été plus intelligente que moi, Anna... Et moi, plus délurée... Ben oui... Ben oui, ça ne se discute pas... Tu m'as appris l'orthographe, la poésie... Tiens! « Les beaux quartiers » de M. Aragon, c'est toi qui me l'as offert pour mes dix-huit ans! Tu m'as dit : « "Artsen järes!" Ça se fête! Etudie, genzele; lis des belles choses, ça ne peut pas te faire de mal. » Eh bien, ma chère, j'en sais des passages par cœur. C'est ici que les tapis sont épais et que les petites filles courent dans de longues chemises de nuit parce qu'elles ne veulent pas dormir! Ça te la coupe, ça, hein? Moi qui suis le niveau zéro de l'intelligence et de la culture, je viens de mettre dans le mille! Ce livre m'aide à vivre, Anneton. Mes mots croisés m'aident à dormir – à part ce soir – et ce livre m'aide à vivre. « Si tu ne fais rien à l'école, “dü kanst garnicht zein” ! »

Maria se reprend.

Hé ! qui c'est qui t'a appris à embrasser ? C'est bibi... Un soir... La première fois que vous êtes venus chez nous. Il faisait pas complètement nuit. C'était très beau. L'ombre et la lumière jouaient avec les arbres, et la glace qui tombait du toit de la maison faisait comme des aiguilles. Je sais pas pourquoi, je t'ai demandé si tu allais faire ta communion... Tu m'as répondu : « Ben non, on est juifs. » Et moi je t'ai dit : « Nous, on est catholiques, mais on s'en fout. La communion, c'est bien pour les cadeaux ! » Là-dessus, on s'est mises à rire... mais à rire... Et t'as eu froid. Alors, je t'ai embrassée pour te réchauffer. Génial ! Le patin du siècle ! Et pourtant, je suis pas homosexuelle, hein... Pas du tout !... Mais t'embrasser, c'était grandiose ! Ça avait un goût de pêche. C'était mieux avec toi qu'avec les garçons... Non, je n'avais pas une grande expérience du baiser, mais j'avais essayé avec le fils du boulanger, je me rappelle même plus comment il s'appelait... Enfin, bref, ça m'avait déplu. J'avais trouvé ça baveux, dégoûtant... Rien que d'y penser, ça me... Beurk ! D'ailleurs, pour te dire, j'ai jamais aimé ça, embrasser. C'est trop d'intimité d'un coup avec quelqu'un qu'on connaît pas. En tout cas, ça t'a pas emballée non plus, et tu m'as traitée de tous les noms. Mais tu n'avais plus froid. La poussée hormonale et la montée d'adrénaline avaient dû provoquer une réaction thermique et tu n'avais plus froid !

Musique irlandaise. Elle tente de danser.

Bon, on va pas insister, j'ai du chewing-gum dans les guiboles et du jus de navet dans les veines.

Elle marche avec énormément de raideur. C'est comique.

C'est lamentable... Pire que ça : c'est pitoyable.

Maria se penche en avant, arrondit le dos et fixe le sol. Elle revit une scène de son enfance qui a eu lieu entre ses parents.

« – Je t'avais dit de ne pas prendre la bûche chez Poindron, Hubert ! Trois fois, je t'ai dit : “Va chez Caudron. Pas chez Poindron.” Tu as vu le résultat ? Elle est sur le tapis la bûche ! Et moi, je me suis bloqué le dos ! La bûche de chez Poindron est molle ! La pâte est molle !

– Chérie, la bûche n'a pas atterri sur le tapis parce qu'elle vient de chez Poindron. Tu as lâché le carton... On va nettoyer... C'est ta dyslexie...

– Qu'est-ce qu'on en a à foutre de Noël, Hubert ? Tu veux me dire ? *(Elle se relève.)* Hou !... Ça fait mal... Deux militants communistes comme nous et deux juifs comme Lucien et Minette n'en ont rien à foutre ! On a toute l'année pour se mitonner une gueule de bois à coups de champagne et de Bordeaux, alors pourquoi ce soir ?

– On fait Noël parce que tout le monde fait Noël, Louisette. Et ça fait plaisir aux filles.

– Les filles ! Les filles ! Elles ont passé l'âge d'attendre le Père Noël, les filles ! Elles s'intéressent davantage aux vedettes de cinéma et aux chanteurs à la mode qu'au barbu qui passe par les cheminées ! »

Maria redevient elle-même.

Oh! la crise, ce soir-là… Au moment où maman s'est calmée, on a entendu Dédé Muller, le voisin, qui gueulait comme un âne, en appelant Jeanine. Jeanine, c'était sa femme qui l'avait quitté l'été d'avant. Dans le village, tout le monde savait très bien que Dédé se masturbait toutes les nuits en appelant Jeanine. Anna et moi, on a fait comme si on savait rien, mais on a bien ri… *(Elle rit et hurle.)* Jeanine! Jeanine! Oh… *(Elle se reprend.)* Les parents ont décidé que pour le Noël prochain, on irait à Paris chez Lucien et Minette, et qu'on supprimerait la bûche… Ah! ben oui! C'est ça l'histoire! Tes parents avaient quitté la région l'année de ta naissance pour aller s'installer à Paris, où ils avaient monté une imprimerie… C'est ça. D'ailleurs, le jour de leur départ… à la gare… avant de monter dans le… dans le train… J'ai froid ce soir. J'ai froid dedans. Je n'ai jamais eu aussi froid que ce soir. *(Elle bouge ses pieds, mais elle a du mal. Elle rit.)* C'est la toundra… la toundra… la toundra… J'ai toujours su que tu reviendrais, Anna. Il me tarde de te raconter ces vingt-huit années et de t'entendre. J'ai mal partout. C'est curieux, des fois, je… je peux plus bouger… Il paraît que la sagesse, c'est vivre dignement et oublier son corps… Bordel! Je suis pas près d'y arriver. Oublier mon corps, c'est un truc que je n'ai jamais su faire, mais avec les douleurs en plus, ça devient positivement insurmontable! Demain, ce sera Noël et ce sera comme avant. Toutes les deux, avec du champagne et sans bûche. Je ne dirai pas de bêtises, je te le promets. Même pour faire rire.

Oh ! si... Pour faire rire. Faire rire quand on est pas intelligent, intelligent, c'est un plus. Mais pas trop de bêtises, c'est juré. « Ich bin garnicht, Anna... Garnicht... » Je ne suis rien.

Maria va à la fenêtre et chantonne.

« Oh ! Tannenbaum ! Oh ! Tannenbaum du glickttech glück viere zenten. » *(Elle rit.)* Pas douée pour les langues étrangères non plus !

Minette a remplacé la bûche par un gâteau à la vanille parfaitement dégueulasse. Elle a été couverte de cadeaux Moulinex sous prétexte que « Moulinex libère le femme » et que « Terminé les corvées purée »... L'électroménager, elle s'en tapait, alors elle a fait la gueule... Moi j'ai eu trois livres, sous prétexte que j'avais besoin de me cultiver... J'aurais préféré autre chose, alors j'ai fait la gueule. Papa était au régime pour une histoire de diabète alors il a fait la gueule. L'atmosphère était tendue, on est allés se coucher, et voilà... Encore un Noël de passé.

Maria s'énerve. Le ton monte. Elle devient agressive, vulgaire.

On faisait comme si tout allait bien, mais c'était faux ! Archi-faux ! On était en 33, le chancelier de mes couilles était nommé à Berlin, et c'était un désastre dont peu de monde se souciait. Papa et maman luttaient pour un tas de choses ; ils ne pouvaient pas être sur tous les fronts, d'accord... mais ils ont négligé le plus important ! Les « Congs Pays » et le « Billet Lagrange » étaient leur objectif... Ils ont gagné cette bataille, ils ont perdu l'autre ! Merde ! Merde ! Merde ! Bordel de merde ! On a dansé sur un volcan sans voir ce qui allait arriver! *(Elle redescend d'un ton.)* J'ai parlé avec Anna à ce moment-là. Si, si, j'ai parlé. Elle m'a dit : « Fais-moi confiance, genzele, tout ira bien. » Putain, mettez-vous d'accord! On m'a toujours reproché de trop faire confiance, et ce coup-là on me demandait de laisser aller… J'aurais dû m'enrager… La rage, c'est la vie. Mais je l'ai crue parce que ça m'arrangeait. Moi qui ai toujours été un aimant à conneries – si, si, c'est très exactement ce que je suis – j'ai eu un mauvais pressentiment. Pour une fois, je n'étais pas si stupide. J'ai été lâche! Lâche, ça veut dire qu'on a démissionné… qu'on a vieilli… Pas à treize ans, tout de même…

Soudain, le ton change. Elle est légère et drôle.

Oh! Lou! Lou mon Lou… mon Loulou… mon Loulou, mon Loulou… Au cours de ce premier voyage à Paris, on est allé au théâtre de l'Athénée voir jouer Louis Jouvet. Je savais même pas qui c'était ce gus. *(Elle se gratte la gorge, car la confidence est importante.)* Qu'est-ce qu'il jouait le Lou ? « Non mé récuerdo. » Avec qui ? « Non mé récuerdo » non plus. Mais Lui! Lui! « Mé récuerdo » très bien. Très très bien, même. Louis est entré en scène, il a commencé à parler… Et là… C'est parti de mes pieds, c'est remonté dans mes reins et dans mon dos, ça m'a fait des chatouillis partout… A un moment, tu t'es penchée vers moi et tu m'as dit : « Qu'est-ce que t'as à faire le poisson? T'as les yeux écarquillés et la bouche ouverte. C'est ridicule! » C'était pas ridicule. Je venais d'avoir mon premier orgasme. Au dixième rang d'orchestre, Louis Jouvet m'avait fait décoller. Plus jamais, plus jamais, je n'ai connu ça.

Un orgasme aussi violent, immédiat, et irréfléchi... Si, une fois, dans un taxi, alors que je m'y attendais pas. Le chauffeur roulait à toute blinde sur les pavés parisiens, ça m'a déclenché un truc semblable... Bref, Louis me faisait penser à un poète russe et ça me faisait fantasmer. Anna... Anna... Le côté costume trois pièces, chemise blanche et cravate... Putain de merde que c'est excitant! Putain de merde que c'est excitant! J'ai tout gardé de ce voyage. Tickets de métro, additions de restaurants, photos, billets de théâtre et programmes... Tout est là. *(Temps.)* Quand on est rentré là-bas, dans la maison au traîneau, ma grand-mère nous attendait au lit, signe qu'elle faisait la gueule. La première nuit que j'ai passée à la maison, j'ai dormi d'un sommeil lourd, profond... C'était comme la mort. Le lendemain, je t'ai écrit pour te parler de Louis. Tu m'as répondu que les romans-photos et les médicaments avaient été inventés pour des gens comme moi. « Etudie genzele... Nia, nia, nia... Nia, nia, nia... Dûmme kopf... Nia, nia, nia. » Je connaissais la leçon par cœur. *(Elle rit.)* Quand j'avais dormi aussi profondément en rentrant de Paris, j'avais compris que la différence entre la mort et la vie, c'était l'agitation, les tourments de l'esprit, et ce qui me tourmentait depuis mon retour, c'était ma virginité. Louis avait été le révélateur et j'avais envie de me débarrasser de ce truc le plus vite possible. C'était une formalité à accomplir, point barre. Momo était mignon, on est allés dans le bois des Minimes, près des étangs de Saint-Leu. Il m'a fait passer d'un état à l'autre sans attention particulière, sans état d'âme, sans brutalité non plus. Pas de simulacre d'amour de jeunesse, pas de romantisme d'adolescent, ça n'a pas fait vibrer le cosmos ni changer la couleur des arbres... Ce qui était fait n'était plus à faire. Tu as toujours été « bisous dans le cou », Anna. Et moi, j'ai toujours été pour les conclusions rapides. Tout ça je te l'ai pas écrit, évidemment. J'en avais marre de me faire engueuler. Les études, c'était pas mon truc. Anna, j'ai fait ce que j'ai pu. Et ma conduite ne regarde que moi. Et puis, il y a eu ce matin dans la chambre de ma grand-mère... Je regardais par la fenêtre, au-delà des cerisiers, et beaucoup de choses me passaient par la tête... Je commençais à me sentir à l'étroit ici. La ville avait toujours été un rêve lointain que j'espérais avec patience, comme un exil souhaité mais dangereux. Ma province devenait frustrante et étriquée pour moi. Je me disais qu'il y avait des endroits où ça valait sûrement le coup de faire son trou. Ce pays de neige que j'aimais tant, j'avais tendance à vouloir l'oublier. J'en avais fait le tour. Ma grand-mère buvait du thé avec des biscuits, calée dans ses oreillers... Je me suis moquée d'elle. Je lui ai dit : « Tu vas bientôt nous écrire un roman, mamie ! – Pourquoi ? », elle a demandé... « T'es au lit, tu bois du thé et tu manges des madeleines... Reste plus qu'à écrire tes Mémoires. Tu raconteras comment tu ne m'as pas oubliée sur le parvis... » J'ai pas eu le temps de finir. J'ai entendu la tasse tomber et rouler sur le sol... J'ai tourné la tête. Il y avait un rai de lumière qui tapait sur le parquet, au pied du lit... Mamie était morte. Ça m'a fait quelque chose... Nous étions un pays frontalier, l'Allemagne commençait à nous faire peur, mamie n'était plus là, mes parents ont décidé de vendre pour aller s'installer à Paris... On a vendu la maison au traîneau avec les meubles, les objets, les souvenirs... Et on a trouvé un appartement en face du vôtre. J'y habite toujours. Minette a pris les choses en main. Ta mère était fana de brocantes, salles des ventes et antiquailles en tous genres, ce qui veut dire que chez vous, les objets les plus hétéroclites s'accumulaient, et qu'il était grand temps de faire de la place. On s'est meublé pour pas un rond. On a tout pris... Chaises, tables, canapés, tournevis, punaises, catalogues de mode, gants et chaussures dépareillés, boutons nacrés, vases, verres... Tout... Du coup, c'est nous qui étions débordés, et mes parents ont décidé de monter un magasin de « tout à un franc », qu'on a appelé : « TOUT POUR TOUS ». Ça a pris deux semaines pour trouver le nom du magasin, cent cinquante injures et grossièretés en tous genres et deux menaces de divorce dans chacune de nos familles... J'ai traversé une sale période. Trop de changements trop vite et des nouvelles de l'étranger qui faisaient peur... Mes parents non plus n'allaient pas bien, mais ils faisaient comme si la vie n'avait jamais été aussi belle. Les parents interdisent de mentir, et ils n'arrêtent pas de le faire. Toi, tu étudiais comme une malade parce que tu avais décidé d'être la plus jeune licenciée en philo de France... Et tu aurais pu l'être ! Le Vatican s'est rapproché de Berlin, et ça, ça a été la merde. Mais la bataille de 36 a été gagnée, et ça c'était du bonheur. Tout le monde voulait partir en vacances. A tous les coins de rue, on entendait : « Payé à rien foutre, ma poule, on aurait jamais cru... » C'était rigolo... Putain de pape à la con ! On a essayé de rire avec tout ça, mais c'était difficile.

Maria va à la fenêtre. Elle parle à Anna.

Te presse pas, surtout ! J'ai toute la nuit devant moi ! Pas une étoile... Le ciel est plombé... Plombé comme ma copine Ginou quand elle est rentrée du Havre.

Elle essaye de danser.

Appelez-moi « Zatopek », les mecs. Vous privez pas. *(Ses membres se raidissent pendant une seconde, et ça repart.)* Moi je dis que quand les premières étoiles sont sorties, aux revers des manteaux, on aurait tous dû rentrer. Ça sert à rien de s'inquiéter si on fait rien. Ça empêche pas les catastrophes de s'inquiéter.

Maria se met très en colère. Elle fait le signe de la croix.

Et un pour la bêtise ! Un pour l'ignorance. Un pour la barbarie ! Et un pour la honte. J'ai assez vécu, je crois.

Maria se met à chanter.

« Hop ! diguidi ! Hop ! diguidi, boum ! Voila mes amis. Tout me réussit... Hop ! diguidi ! Hop ! diguidi boummm... » Oh ! la vache... Anna, t'aurais mieux fait de tourner ta langue sept fois dans ta bouche le jour où t'as dit : « "Met eine besele mazel", tu vas réussir ton bac genzele. » "Met eine besele mazel", je l'ai brillemment raté ! Pas plus de « mazel » que de beurre en branche ! La chance m'a lâchée le jour des épreuves ! Mais franchement, alors... J'en avais rien à foutre. Toi, t'as réussi, bien sûr... Non, franchement, ça me laissait totalement indifférente, parce que j'ai toujours été sûre de gagner ma vie en n'importe quelle circonstance. Et je n'ai jamais connu le chômage dans ma partie... Mes parents voulaient que je redouble, moi je voulais pas, j'ai dit que j'allais m'inscrire aux cours Pigier pour apprendre l'anglais et l'allemand, parce que c'était évidemment pas avec les trois mots de yiddish que je connaissais que je pouvais faire carrière dans le secrétariat de direction... Surtout que les trois mots c'était : « genzele », « dümme kopf » et « dü kanst garnicht seine ». « Petite oie », « imbécile », et « tu ne seras jamais rien »! On va loin avec ça! Je me suis pas inscrite chez Pigier, ras-le-bol des études, j'ai pris une buvette du côté de la gare de l'Est et je me suis payé des cours de danse irlandaise! Personne ne s'est douté de rien. La pression devenait trop forte à Paris. Et j'ai toujours très bien menti... Mais j'ai peut-être eu tort... Oh! ben hé... Aujourd'hui, j'ai placé mon fric dans un bar de la rue Vavin et je suis à l'abri du besoin! Que demande le peuple ? J'ai de la thune qui tombe tous les mois en me les roulant... C'est pas donné à tout le monde, merde!... Il s'est passé un truc terrible à la buvette... Y'avait un connard qui nous avait repérées toutes les deux... Il m'avait suivie plusieurs fois, et bon... Je la fais courte, il savait qu'on était copines. Un soir, il nous barre la route sur le trottoir et il me fait : « Et ta copine la youpine ? T'es pas avec elle ce soir ? » J'ai jamais craché à la gueule de personne, mais là, c'est pas l'envie qui m'a manquée... Je l'ai pas fait parce que j'ai eu peur.

Voilà, c'est ça, j'ai eu peur… « Ich bin garnicht… Aia popaia, vas raselt in chtrau ? Die genzien gene barfous unt haben kaine chou. Der chuster hat léder, aber kaine laisten da tsou… » Oh ! je m'en souviens ! Je m'en souviens ! « Daroum gene dir gensien nor immer aune chou… » Tu vois que je ne suis pas si bête ! Cette comptine, tu me l'as apprise, il y a… C'était il y a… C'était hier. Je m'en souviens parfaitement. Oh ! j'ai envie de te voir… J'ai envie… Parce que malgré nos disputes et nos désaccords, on avait plein de choses en commun, toi et moi… Le champagne, le rouge à lèvres, les petits peignes dans les cheveux, le soleil, les chansons, Aragon, et Prévert que j'avais découvert au cinéma… Et ça, ça avait été un choc ! Pas d'orgasme comme avec Loulou, mais un vrai choc dans le cœur. Ce type-là disait tout haut ce que je pensais tout bas. Il racontait rien que des histoires de gens simples et gentils, des gens avec de l'émotion qui dégouline de partout et, en face d'eux, des cons figés dans le pouvoir et le pognon… Je suis pas Prix Nobel, Anna, mais des gens j'en ai tellement rencontrés que je sais juger. Je peux en parler, je te jure… Bref… Qu'est-ce qu'on aimait encore ? Heu… Le jarret de veau aux petits légumes, flâner dans les rues, le café noir au comptoir, rire… La vie… *(Petit temps.)* J'ai fini par t'avouer mes mensonges pour mes études, le cours Pigier… Oh! pute borgne, la colère ! « Dümme kopf ! Du känst garnicht sein ! » C'était pas la peine de me dire que je ne serais rien, je ne voulais rien être… Je ne voulais rien, à part me la couler douce… J'aimais Armstrong, Miles

Davis et Billie Holiday, rien que des génies de mauvaise vie... Cette musique-là avec un peu d'alcool, des cigarettes et de l'amour, c'était mon kif... Encore aujourd'hui, d'ailleurs, mais sans les cigarettes et sans l'amour, parce que de ce côté-là, j'ai plutôt abusé.

Maria va à la fenêtre et s'adresse à Anna.

Mais putain, fais pas chier avec tes études! Chacun son truc dans la vie! *(Elle se calme.)* Mes parents se sont beaucoup battus pour les autres. Cocos convaincus, généreux, concernés par toutes les injustices... Seulement voilà... Laisse pas tomber ta fille, maman. Laisse pas tomber ton fils, papa... Ils sont en danger. O.K., j'ai toujours été un voyou, mais j'ai fait de mal à personne. Si. A Rico... Rico... Avec ma première paye, je t'ai invitée à dîner au restaurant de la Porte Jaune, dans le bois de Vincennes, pour ton anniversaire. « Mazel Tov, Anna! Bon anniversaire! » On était belles comme des cœurs. Juste après la croustade aux fruits de mer, évidemment, l'aimant à conneries a fait des siennes... Pour résumer, j'ai senti que ma jarretelle gauche avait lâché et qu'il fallait faire quelque chose. Toi, bonne fille, tu viens aux toilettes avec moi et tu me balances : « Tes bas noirs, c'est vulgaire. » J'ai répondu : « Je trouve pas. » Et tu insistes : « Si, les bas de couleur chair, sur la peau blanche, c'est mieux. » Et v'là que tu relèves ta jupe jusqu'en haut des cuisses et... *(Elle rit.)* Au même moment, un grand brun, belle gueule, belle allure, se trompe de porte et pousse celle des toilettes des femmes. Toi, pétrifiée, la jupe en l'air, tu ne bouges plus, et lui… raide, foudroyé, réaction hormonale imminente. Il te regarde avec des yeux de merlan frit, sous le charme, déjà presque amoureux. Raffie Leritski, un Juif argentin que tu as beaucoup aimé, est entré dans ta vie le 12 juillet 38. Ah ! il avait fait une entrée remarquée ! D'ailleurs, longtemps après, quand on parlait de cette soirée, on rigolait en disant que « l'entrée de l'artiste » avait été fracassante ce soir-là… Raffie était très engagé politiquement. Il organisait des réunions dans des caves, il prévoyait l'horreur et préparait des actions… Oh ! j'ai pas envie de parler de ça. Tu étais très heureuse avec lui et c'est tout. Il y a des jours et des lunes où il ne se passe rien et, cette année-là, il ne s'est pas passé grand-chose dans ma vie. La buvette rapportait bien, et je suis devenue « assistante » de mon prof de danse irlandaise… C'était déjà pas si mal. Raffie m'aimait bien, mais il me trouvait un peu conne… J'ai gagné son affection le jour où je lui ai dit que je faisais de l'hypoglycémie et que quand j'étais en crise, ça me faisait dire des bêtises… comme si je ne maîtrisais plus rien. Ça l'a fait tellement rire qu'il m'a fait un gros bisou et on est devenus copains… Je suis là où j'ai toujours voulu être et j'ai pas le moral. Quand je ferme les yeux, je vois… un traîneau… La maison au traîneau me manque. Tout me manque. Les amoureux sont souvent casse-couilles, mais alors vous deux, vous avez eu le pompon… Qu'est-ce que vous avez été chiants ! Pas un jour sans dispute… Pas un jour sans que vous ne vous quittiez… Pas un jour CALME. *(Tout bas.)* Pas un jour. L'amour tornade… Et puis Raffie s'est mis en tête de me maquer... Il m'a présenté son cousin Bernie. Il espérait une idylle... Ça a été un fiasco. Grosso merdo, on peut dire que j'ai le vertige. Le vide m'attire... Mais là, c'était plus du vide... C'était un gouffre de conneries!... Oh! le trisomique! Il y avait eu du grabuge dans les chromosomes... Le chiard avait morflé... C'était un feu d'artifice de bêtise. Les comiques troupiers, les calembours et les contrepèteries avaient toutes ses faveurs... Oh! le con... Le con... Alors Raffie s'est racheté, il m'a présenté Rico, un Espagnol qui avait quitté Barcelone au moment où Franco y entrait. Et la guerre a éclaté. Rico était merveilleux. Il ne me demandait rien. Il voulait que je sois moi. Il répétait ce que je lui avais dit un jour : « Faire marrer les autres, c'est un plus. » Quand on était au lit, tous les deux... Ah oui! J'ai oublié de dire qu'en 38, Anna et moi, on avait pris un appartement rue Rochechouart. On était indépendantes et responsables de nous. Avec ma paye, mes pourboires et les cours d'anglais que donnait Anna, on s'en sortait très bien... Oui, alors... Quand on était tous les deux, avec Rico, il m'appelait « Nada ». Ça veut dire « rien ». « Un p'tit rien qui prend de la place », qu'il disait... Il était engagé, lui aussi... Il vendait « L'Avant-Garde », un journal de la résistance... Il m'a donné que du bonheur et je l'ai quitté le jour où j'ai rencontré Tintin. Quentin. Je devrais dire Quentin. C'est moi qui l'appelais Tintin, mais il aimait pas... Rico... Tintin... Un jour, les flics m'ont convoquée au commissariat. « Tu fréquentes trop les youpins, ils m'ont dit. Fais gaffe à toi. » Je comprends rien. Ils m'ont dit que je pouvais rentrer chez moi, mais que je ferais mieux de faire attention à mes fréquentations. Il faisait beau, on avait fêté l'anniversaire de Tintin la veille avec Raffie et Anna, qui avaient fait un vache d'effort parce que Tintin, franchement, ils l'aimaient pas. Quand je suis sortie du commissariat, malgré le soleil, j'avais froid. J'étais glacée de l'intérieur... Comme ce soir... J'ai couru jusqu'à la maison et j'ai tout raconté à Anna. Le lendemain, elle est retournée vivre chez ses parents. Elle m'a dit que c'était mieux pour moi. Et puis, cette enflure d'Abetz a été nommé ambassadeur d'Allemagne à Paris. On avait vingt ans. Lucien et Minette ont fermé leur imprimerie et Tintin a perdu son boulot. Enfin, c'est ce qu'il m'a dit, parce que je n'ai jamais vraiment su ce qu'il faisait. Anna... Anna, tu as tout fait pour que je quitte Tintin, et moi j'ai tout fait pour lui. Il était mon amant, mon amour... Il avait des problèmes d'argent... Il m'a dit que son cousin était prêt à payer pour coucher avec moi, parce que je lui plaisais beaucoup... J'ai pas dit non. Ça s'est passé dans l'arrière-boutique de la buvette. Tintin a été vachement reconnaissant, il m'a acheté une paire de bas nylon, et Dieu sait que c'était pas facile à trouver à l'époque... Et le cousin est revenu avec un copain, et un autre, et un autre... Et tous les autres... Français, Espagnols, Italiens, Allemands... Ben oui, Allemands ! On les avait laissés entrer chez nous, alors j'avais pas de raison de refuser leur fric ! Je suis allée sur le trottoir. J'y suis allée parce que le froid ne me fait pas peur et que Tintin avait besoin de moi.

Maria va à la fenêtre et tape sur les carreaux.

J'ai besoin de tout te raconter, Anna ! Tu n'as jamais su, on se voyait si peu à l'époque. Tu m'as écrit... Attends... Attends...

Elle récite par cœur.

« Ma genzele jolie... Mon petit "Düme kopf" préféré... Je vais glisser cette lettre sous ta porte. J'ai peur qu'on me voie chez toi. Je t'aime comme une sœur, mais il faut espacer nos rendez-vous. Cela ne veut pas dire qu'il ne faut plus nous voir. Je viendrai de temps en temps à la buvette, je sais que tu y es tous les jours jusqu'à dix-huit heures. Je ne sais pas ce que tu fais de tes soirées, je ne veux pas le savoir. J'ai confiance en toi, genzele. Je vais essayer de faire une fête pour l'anniversaire de maman. Essaye de te débarrasser de Tintin, ce jour-là. Ce type ne me plaît pas... La situation devient difficile pour nous. J'ai peur, mais je pense que tout va rentrer dans l'ordre. A bientôt genzele... Je t'aime... Souviens-toi... Je t'aime. Anna. » Je suis allée à l'anniversaire sans Tintin. Tintin m'avait quittée. Mais, moi, je n'ai pas abandonné mon coin de trottoir. J'ai même laissé tomber mon boulot à la buvette pour devenir prostituée à plein-temps. Et je n'étais pas malheureuse. Pas du tout. J'avais des clients que j'adorais. Quelques habitués auxquels je m'étais presque attachée. Quand on dit « pute », faut pas toujours voir le pire. Il y a de la thune qui rentre, et il y a pas que des mauvais moments. Surtout pour moi... J'ai toujours été à mon compte... Pas de maquerelle, pas de proxo sur le dos... Rien ! J'ai travaillé pour ma gueule, point barre. Bon, Tintin, d'accord... Je l'ai aimé pour le pire... Mais c'était librement consenti... Les quatre mètres carrés du côté de Saint-Denis, c'est moi qui les ai voulus... Comme mes horaires... Dix heures dix-huit heures, cinq jours sur sept, peinard... Un vrai bureau d'assistance sociale ! C'est d'ailleurs pour ça que mon entourage n'a jamais soupçonné quoi que ce soit... Pour eux, j'étais secrétaire bilingue dans une fabrique de chaussures, et ils étaient contents. Vu les résultats calamiteux que j'avais obtenus en classe, c'était même inespéré comme travail. Je gagnais tellement bien que je les couvrais de cadeaux, et je leur faisais croire que, grâce aux relations de mon patron, j'arrivais à avoir des trucs qui commençaient à manquer, genre chocolat, beurre et café... En réalité, mes relations, c'était mes habitués, et c'est eux qui me gâtaient... Mais moi aussi, j'aimais bien mes habitués. Je leur donnais des surnoms, ça m'amusait. Le fromager, par exemple, il était con comme ses lattes et plein de calcium. Tout dans les couilles, rien dans le cabernou... Je l'appelais « Prof ». Il y avait le notaire, il disait toujours : « Si tu me regardes je vais tenir une minute, mais si tu me regardes pas je peux tenir trois. – J'ai du temps devant moi, je répondais. Eteins la lumière. » Je l'appelais « Timide ». Il y avait « Pignolo » : il se masturbait en disant des poèmes, et moi j'étais censée apprécier et applaudir. « Atchoum », il avait des allergies à la poussière et, là où je travaillais, le ménage était pas forcément fait tous les jours. Je me moquais de lui. « Les coïts interrompus, je disais, ça fait pas fini. » Il y en avait un qui n'y arrivait pas. Alors il gueulait contre tout le monde : contre sa femme, son patron, ses mômes, la patrie, son beauf, les Boches... Je l'appelais « Grincheux ». Il y avait « Dormeur »... Lui, c'était « une fellation sinon rien »... Monsieur était toujours fatigué. Il y avait le sportif, genre placement des jambes, tir et but ! En général, « M. Foot » me laissait courbatue, mais il était réglo. Il payait toujours avant, et s'il était content, il laissait un bakchich, pour dire merci... Rien à dire. Un jour il y a eu Horst qui a voulu monter avec moi. Je lui en ai balancé des vertes et des pas mûres. Je voulais pas le voir ce connard. Je l'avais entendu dire des choses terribles sur les Tennenbaum qui tenaient le salon de coiffure à côté de l'hôtel où je travaillais... Ça a été plus fort que moi : quand il s'est approché, je l'ai traité de tous les noms. « Fin de race ! que je lui ai balancé. Enculé ! Pédale, retourne dans ton Gasthause ! » Une horreur... Il m'a dit que j'étais grossière, j'ai répondu que face à la connerie, je voyais que ça... Bouh !... Affreux... Oh ! et puis j'oubliais « Joyeux » ! Mon p'tit préféré. Il riait tout le temps. Même en faisant la chose, il riait et à la fin, à chaque fois, il disait : « C'est pas tous les jours dimanche ! » Il laissait mes sous sur la table de nuit et il oubliait jamais de poser une petite fleur à côté. Ah... Le métier a changé. Ça fait dix ans que j'ai raccroché, mais... C'est plus pareil. Je le sais... J'suis restée du côté de Saint-Denis jusqu'en 50. Et puis j'ai reçu une lettre de ma copine Ginou qui me disait : « Si t'en as ta claque de la grisaille, rejoins-moi dans le Sud. » Rien de tel que la grande Bleue pour se laver de tout, j'ai pensé. Mais il y a quand même des trucs qui collent à la peau... En 41, Anna m'a donné rendez-vous dans un petit resto vers Montreuil. Elle avait des faux papiers. Ses parents aussi, elle m'a dit. Elle avait l'air d'être vraiment soulagée et contente. La vie pouvait reprendre comme avant. On a même refait Noël comme on avait l'habitude de le faire. Avec les parents, sans bûche et avec du champagne. Ça, je m'en étais chargée sans révéler le secret de sa provenance.

Maria devient agressive.

Quoi ? Faut le dire ! Faut le dire d'où il venait le champagne ! De chez Horst ! De cet enculé de Horst et de quelques-uns de ses copains ! On fait ce qu'on peut !!! Merde, on fait ce qu'on peut... *(Elle se tourne vers la fenêtre.)* Tes faux papiers, Anna, tu les a eus comment, à ton avis ? Grâce à qui ? Je connaissais du monde, Anna... J'ai revu Rico, à l'époque. Totalement heureux avec une fille qui venait de Hongrie, je crois... Je lui en avais voulu à mort. Ben oui... Ça me plaît de penser que les gens que je quitte meurent de chagrin. Ça me plaît de penser qu'ils mettent des années à s'en remettre... Rico avait vite repris le dessus... Est-ce que, une seule fois dans ma vie, j'ai été indispensable à quelqu'un ?... J'aurais dû avoir un enfant. Tenter cette aventure-là... C'est sûrement pas facile d'élever un enfant, d'aller au bout de l'amour avec lui, mais je suis sûre aujourd'hui que ça vaut la peine. C'est pas un truc sans douleur, mais je crois que s'il y a une certitude dans l'amour et un avenir, c'est avec un enfant… Je crois… Tu vas me dire que ton chiard peut être un con ! D'accord. Moi je te répondrai que c'est peut-être toi le responsable. Grâce aux faux papiers, Anna a pu continuer la fac. C'était bien. Tu devais être la plus grande philosophe du monde entier ! *(Elle s'énerve.)* Mais maintenant, tu te fous de ma gueule ! Ça fait vingt-huit ans que je t'attends… Viens… On va faire Noël toutes les deux… Il faut que je te raconte. Je suis raide dingue d'un type… Ernesto… Le Che… El Commandante… Guevara ! Anna ! Anna, le côté « œil de braise révolutionnaire latino », putain de merde, c'est excitant !… Ils nous l'ont balancé sur le marché il y a une dizaine d'années, et il y a quelques mois ils nous ont dit qu'il était mort ! Mourir aussi jeune ! Avec une gueule pareille ! Ça va pas, non ? Je suis sûre qu'il est quelque part en Bolivie… Dans les montagnes… Oh ! le Che… « Me gusta mucho ! Mucho, mucho, mucho… » Bon, faut dire que je suis pas toute seule sur le coup… Mais je laisserai pas tomber ! Je m'accroche. *(Temps.)* Raffie avait des copains à Dourdan. On devait y aller pour le week-end. Je me rappelle de tout. Tu es venue à la maison, tu as dit que Raffie nous attendait à cinq heures devant la gare Montparnasse. Et d'un seul coup, tu as eu comme une angoisse. Il fallait que tu passes chez tes parents… Absolument… Là… En face. T'as laissé ta petite valise… Je l'ai toujours… Ta petite robe noire à la Piaf, ton cachemire bleu, pyjama, sous-vêtements, un livre « Socialisme et Humanisme » de Jean Jaurès… Et ton petit bracelet que je t'avais offert… Anneton…

On devait aller à Dourdan... Je t'ai jamais revue... Anneton... Toi et tes parents... Pff... Envolés... Disparus... Et ce soir... La lumière... Ma chérie, viens. Anna, viens vite. J'ai monté tant d'escaliers en me demandant où tu étais ! « Dü bist garnicht », je me disais. « Tu n'es rien »... Tu sais, Anna, quand on m'engueule pas, je fais que des conneries... Jusqu'à l'âge de vingt ans, je dormais comme une souche, qu'il pleuve, qu'il vente, que la chaleur nous terrasse, je dormais... Maintenant, les nuits me font peur. Et toi, il va falloir que tu m'expliques pourquoi tu mets aussi longtemps à traverser cette rue ce soir !

Maria devient comme folle. Elle hurle.

Terminé ! « Gechlossen » ! Fini ! Grève du cul ! Champagne mesdemoiselles... « Raus » ! Dehors ! On aurait dû fermer toutes les maisons ! On aurait dû fermer nos portes ! Plus de rigolade ! Fermé ! « Closed » ! On aurait dû arrêter ! Au lieu de s'allonger sur nos paillasses on aurait dû s'allonger sur les voies ferrées ! Je n'ai pas perdu ce combat, Anna... Je ne l'ai pas mené ! Ce soir c'est Noël et tu ne viendras pas. Je le sais. La maison au traîneau me manque... Mon pays de neige me manque... Ce soir c'est Noël, Anna, et je t'attendrai... Ça fait vingt-huit Noëls que tu ne viens pas et que je t'attends... Pas de bûche, c'est promis... Oh ! j'ai mal ! Je viens d'un pays de neige. Tu me manques. J'ai froid. Je voudrais avoir dix ans. Mazel Tov, Anna ! Où que tu sois...

FREE TAXE

FREE TAXE

a été enregistrée en 2003 pour France Inter

avec

Léa . . . . Pascale Roberts
Miette . . . . Marion Game
Zito . . . . Gérard Berner
Puck . . . . Alexis Tomassian

PERSONNAGES

LÉA, la cinquantaine. Prostituée. S'exprime bien. N'a pas froid aux yeux.

MIETTE, amie de Léa. Tient un café. Elle aussi la cinquantaine. Populaire, drôle, vive.

ZITO, 45-50 ans. Change de langage, d'humeur en permanence. Joue avec les nerfs des gens.

PUCK, 20 ans. Typique jeune d'aujourd'hui. Malin, il a le langage de mode des gens de sa génération.

Musique « Pretty woman ». Sur la musique, en rythme, bruit de talons de femmes qui claquent sur le bitume.
On entend le carillon caractéristique des ouvertures de portes.
Fin musique.

SÉQUENCE 1

INTÉRIEUR CAFÉ

Une jeune femme, derrière le bar, chantonne.

MIETTE - « Si l'on mettait le temps du plastique en musique zique zique... » *(Elle s'arrête net.)* Oh ! c'est toi ! Je commençais à me faire du souci. Trois jours sans te voir, c'est pas normal... D'où tu viens ?

LÉA - Du peep-show.

MIETTE - T'as changé de branche ?

LÉA - Non.

MIETTE - Tu bosses pas ce soir ?

LÉA - Ce soir, c'est calme, et puis le moral y est pas.

MIETTE - Et quand le moral y est pas, le physique suit pas. C'est calme ici aussi. Qu'est-ce que tu veux...

Le froid, le foot à la télé, la dévaluation… C'est mauvais pour le commerce. Qu'est-ce que je t'offre ?

LÉA - Je quitte un grand blond, donne-moi un p'tit noir.

Léa allume une cigarette et pose son portable sur le comptoir.

MIETTE - Laisse pas ton portable sur le comptoir, tu vas te le faire taxer.

LÉA - Il y a personne.

MIETTE - T'es branchée vingt-quatre sur vingt-quatre, oublie-le de temps en temps.

Sonnerie portable.

LÉA - Fait chier ! *(Elle arrête la sonnerie.)*

MIETTE - T'es pas dans ton assiette ce soir. Qu'est-ce qui va pas ?

LÉA - Tout me chagrine. Le CAC 40, le pétrole, les attentats, les guerres, le RMI, et le reste… Il y a des fois qu'on voudrait mourir.

MIETTE - Surtout depuis qu'on a inventé le Bon Dieu, c'est plus facile.

LÉA - Pas sûr. On a inventé l'enfer en même temps… Il y a un risque.

MIETTE - J'avais pas pensé. Tiens, ton p'tit noir bien serré. *(Elle respire le parfum de Léa.)* Oh ! ce que ça sent bon, ce machin ! Je vais le garder pour le dimanche, faut pas mélanger les odeurs… Ici, tu vois, entre la fumée et le percolateur, ça serait du gâchis… *(Elle chantonne.)* « Le temps du plastique en musique, zique zique… »

LÉA - J'ai eu des nazes ce soir. Surtout le dernier. Un trentenaire bodybuildé à mort, con comme ses lattes. Tu vois le genre ?

MIETTE - Tout dans les couilles, rien dans le cabernou.

LÉA - Eh ben, ce soir, M. Muscles avait besoin de parler. Ça s'est joué entre un pote et une pute, c'est tombé sur la pute.

MIETTE - Arrête le tapin, Léa, tu vaux mieux que ça.

LÉA - Ça me plaît !

MIETTE - Tu présentes bien, t'as de l'éducation et de la conversation...

LÉA *(la coupant)* - Ça me plaît !

MIETTE - Je me fais du souci pour toi. Avec tous les toxicos qui traînent, il y a des putains qui ris...

LÉA *(la coupant)* - Même avec trois capuchons, je monterai jamais avec un mec qui se gave.

MIETTE - C'est pas pour toi ce boulot...

Léa laisse échapper sa tasse.

LÉA - Merde !

MIETTE - Tu es nerveuse !

LÉA - J'ai l'impression d'avoir été suivie toute la soirée... Bizarre... J'ai eu la trouille. C'est pour ça que j'ai arrêté de bosser aussi tôt. Avant de venir ici, je suis allée discuter avec Zoé, la caissière du peep-show de la rue Lancelot, histoire de me calmer les nerfs, tu vois... J'ai pas rêvé, on m'a suivie... Qu'est-ce que t'as à me regarder comme ça ?... Ben parle... Parle, bordel !

Miette - Il y a un type qui est venu boire un coup tout à l'heure... Il te cherchait.

Léa - Qui c'était ?

Miette - Jamais vu. Beau gosse... Déglingué qui a du charme. Abîmé qui fait de l'effet.

Léa - Il me cherchait moi ?

Miette - Ben oui, il t'a décrite. Il a pas dit ton nom mais il t'a décrite.

Léa - Qu'est-ce qu'il a dit exactement ?

Miette - Il a dit... Attends...

Léa - Fais la version courte ! Accouche, merde !

Miette - T'excite pas ! Ça me bloque quand t'as les nerfs. Il a dit : « Vous connaissez pas une grande brune aux yeux bleus, qui fume beaucoup et qui a toujours un portable à la main ?... Elle a un p'tit sourire en coin, des talons hauts comme ça... Et avec elle, ça traîne pas... Les clients, ça y va... Ça carbure... » J'ai fait : « Heu... Non... Non, je vois pas. Oh ! si... Il y en a peut-être une, mais ça fait longtemps qu'on l'a pas vue dans le coin. » Et puis il est parti. Mais te fais pas de souci. *(Prononcer : « souçaï ».)* Ça doit pas être bien grave.

Léa - C'est tout ?

Miette - Ben oui.

Léa fait tomber son portable.

Léa - Merde ! Mon portable !

Miette - Je t'ai jamais vue comme ça.

SÉQUENCE 2

EXTÉRIEUR RUE

Musique. On entend la chanson « Clint Eastwood » par Gorillaz.
Zito chante en marchant.

ZITO - « I'm happy, I'm feeling glad... I got sunshine in my bag... » *(Il arrête de marcher et de chanter.)* T'as du chocolat ?

PUCK - Niet.

ZITO - T'as pas de chocolat ?

PUCK - Niet.

ZITO - T'es sûr ?

PUCK - T'es sourd ?

ZITO - Je sais qui tu es.

PUCK - Formidable.

ZITO - Je te connais.

PUCK - T'as de la chance.

ZITO - C'est de l'humour ?

PUCK - Non, m'sieur, j'oserais pas.

ZITO - Bon alors ?

PUCK - Quoi ?

ZITO - Une barre. *(Puck sifflote.)* Une p'tite barre ? Un carré...

PUCK - J'ai rien. Va chez Souad, c'est ouvert toute la nuit.

ZITO - Connais pas.

PUCK - La petite épicerie du coin de la rue. Tu trouveras tout le chocolat que tu veux : du au lait, du aux noisettes, du à la pâte d'amande et même du à la menthe. Moi, j'ai pas ça dans mon « bag ».

ZITO - Te fous pas de ma gueule, p'tit con ! J'ai besoin de quelque chose tout de suite. De la beuh, de la blanche, de la merde et du shit... Je peux payer...

PUCK - Ça va, là ! C'est quoi ce dawa ? J'ai rien, j'te dis !

ZITO - J'ai de la thune.

PUCK - Tu veux une bécane, j't'en trouve une dans la nuit moins chère que chez le concessionnaire et je te fais sauter la T.V.A. parce qu'on est pas loin de Noël. Je peux même te filer la télé et le magnétoscope en prime, mais j'irai pas plus loin. Le business de la dope, je fais pas. Les trips à risque ça me fait pas kiffer, ça me dégoûte.

ZITO - Ton pote Carlos, il est où ?

PUCK - Lui aussi tu le connais ?

ZITO - Je m'intéresse à ta bande. Il est où Carlos ?

Puck - Sous la couette avec Zina. Probable inaccessible jusqu'à treize, quatorze...

Zito - Qui c'est Zina ?

Puck - Enfin quelqu'un que tu connais pas...

Zito *(s'énervant)* - J'ai pas de temps à perdre, mec ! Qui c'est Zina ?

Puck - Oh... Cool... T'es de la police ?

Zito colle Puck contre le mur.

Zito - Pousse pas le bouchon trop loin, j'suis pas d'humeur !

Puck - C'est du délire, là ! Qu'est-ce que je t'ai fait ?

Zito - J'suis malade des nerfs. Le moindre stress me tue et tu m'énerves. Réponds-moi !

Puck - C'est bon, c'est bon, lâche-moi... Putain...

Zito *(hurlant)* - Qui c'est Zina ?

Puck - Une meuf que j'ai connue au Sélect. Elle m'a chauffé grave, et quand elle a fait connaissance avec Carlos elle m'a laissé sur la béquille.

Zito - On lutte pas contre un coup de foudre. Arrête de bouger quand tu me parles.

Puck - Je peux pas t'écouter sans bouger, tu m'angoisses. Bon, j'ai un coup de calgon là... Je te laisse...

Zito - Attends !

Puck - J'ai un coup de fil, j'te dis... Fais-toi un sniff d'Ovomaltine, ça le fait aussi...

SÉQUENCE 3

INTÉRIEUR CAFÉ

Musique « Clint Eastwood » par Gorillaz.
Fin Musique.

MIETTE - Ça a fini que je pouvais plus le saquer. Il me sortait par tous les pores de la peau.

LÉA - C'était ton mari...

MIETTE - Ben même. Et Dieu sait que je l'avais aimé, Marius. J'aurais pas supporté de passer une heure sans lui... Eh ben, là... Après trois ans de vie commune... C'était un naufrage... J'aurais souhaité... Oh...

LÉA - Sa mort.

MIETTE - Peut-être pas... Enfin... Peut-être... Bref, j'ai demandé à mon copain Ousdane... Tu sais, le Malien qui vit avec Solange... Il est un peu sorcier, tu vois... Alors je lui ai expliqué le problème, il a très bien compris. Il m'a donné une poudre que je mettais dans le café de Marius et... Tu saisis ?... Ça le prenait quinze fois par jour... Il bandait comme un cerf... J'ai obtenu le divorce pour harcèlement sexuel. Quinze fois par jour... J'en pouvais plus, moi.

Léa - Plains-toi... J'en connais qui seraient allés voir ailleurs...

Miette - Pouh !... Il est bien trop paresseux pour ça ! Bref... J'avais perdu quatre kilos. J'en pouvais plus. Déjà que je suis pas portée sur le... sur la... Enfin, ça me dit rien, quoi. C'est toujours le soir que ça se passe en général, et moi, le soir, j'ai envie de dormir. T'aimes ça, toi, le...

Léa - Le meilleur moment c'est quand ça s'arrête.

Miette - Alors pourquoi tu tapines ?

Léa - Ça n'a rien à voir ! Je t'explique : au moment où le client s'arrête devant moi et me propose de monter, ça me plaît.

Miette - Chai pas comprich...

Léa - Ça me plaît parce qu'à ce moment-là, je sais que je peux tout... J'ai tous les pouvoirs... Même celui de dire non...

Miette - Oh là là... Madame aime dominer... Oh là là... Le goût du pouvoir, c'est pas mon style. *(Prononcer à l'anglaise : « staïle ».)* Moi, je suis une tendre...

Léa - Surtout avec Marius... *(Sonnerie portable. Elle fait quelques pas, puis parle bas.)* Oui... (...) Comment, « qu'est-ce qu'ils foutent » ? J'en sais rien ! (...) Démerdez-vous pour les retrouver, c'est votre boulot ! *(Elle raccroche.)*

Miette - J'ai encore chopé une contredanse.

Léa - Donne.

Miette - Tu peux me la faire sauter, celle-là aussi ?

Léa - Les meilleurs alliés des putes, c'est les flics.

Carillon porte d'entrée. Zito s'approche du comptoir.

Miette *(tout bas)* - C'est lui. Celui qui te cherchait, c'est lui.

Zito - Je peux avoir une pression, s'il vous plaît ?

Miette - Avec ou sans mousse ?

Zito - Une bien fraîche qui mousse.

Miette - Elle arrive. *(A Léa.)* Un autre petit noir bien serré ?

Léa - Avec une goutte de ce que tu veux dedans, pour me remonter.

Léa allume une cigarette.

Zito - Oh! ça sent bon. Ça sent la pollution. Vous pouvez rejeter la fumée vers moi, que j'en profite un peu ?

Léa - Ça dépend.

Miette - Une p'tite mousse et un café cognac! Je vous laisse une minute, je vais acheter du chocolat chez le Paki à côté. *(Elle fait quelques pas.)* Si quelqu'un vient, fais patienter.

Léa - A vos ordres!

Zito - Un p'tit coup par là... *(Il respire la fumée.)*

SÉQUENCE 4

INTÉRIEUR CAFÉ

LÉA - Qu'est-ce que vous voulez ?

ZITO - Rien. Rien du tout.

LÉA - Il paraît que tu me cherches...

ZITO - Oh là là... Tout de suite les grands mots... Je te cherche pas... C'est un copain qui m'a dit : « Si t'as le cafard, cette gonzesse c'est du kif en barre. » C'est tout... Ce soir j'allais pas fort, je me suis dit...

LÉA *(le coupant)* - C'est qui ton pote ?

ZITO - Un pote.

LÉA - Eh ben, on y va.

ZITO - Où ?

LÉA - Je travaille en face. On y va...

ZITO - Il y a pas le feu.

LÉA - Tu veux, tu veux. Tu veux pas, tant pis. Je t'attendrai pas toute la nuit.

Temps.

Zito - T'as peur.

Léa - Exagérons pas. J'ai une certaine sympathie pour ceux qui se sentent en confiance et pour les enthousiastes. J'ai des habitués qui attendent même pas d'être dans la chambre pour me sauter dessus, ça les prend dans l'escalier.

Zito - Moi j'ai tout mon temps. C'est beau la vie… J'ai le spleen, je descends dans la rue, je te rencontre et ça va déjà mieux, je suis prêt à danser le boogie tellement ça va mieux…

Léa - Tu bandes pas ?

Zito - Ma virilité n'est pas fiable à cent pour cent, mais je me plains pas.

Léa - Comment tu t'appelles ?

Zito - Zito.

Léa - Qu'est-ce que ça veut dire ?

Zito - Ça veut dire « coucougnette de singe » en chinois ! *(Il hausse le ton.)* Mais ça veut rien dire du tout ! C'est comme Robert, c'est juste un nom !

Léa - Il y a pas de quoi hurler !

Zito - Je suis malade des nerfs. Le moindre stress me tue, et tu m'énerves au lieu de me calmer.

Léa - J'suis pas infirmière ! Salut !

Zito - Laisse-moi une clope avant de partir.

Léa - Free Taxe. Garde le paquet.

Zito - Attends ! T'as perdu ça. Un billet d'avion. Tu voyages ?

Léa - Toujours en première. Donne ça, merde ! Qu'est-ce que tu veux ? Qu'est-ce que tu me cherches ?

Zito - Rien. Je te jure. J'allais descendre acheter une bonne bouteille et du fromage, parce que j'attendais du monde… C'est vrai, quand tu cuisines pas, une bonne bouteille et du fromage, c'est ce qu'il y a de mieux… Et voilà que mes copains m'appellent pour décommander. Bon, tant pis, je me suis dit, je descends quand même. J'ai eu une mauvaise journée. Ma bonne bouteille, je l'ai méritée.

Léa - Tu m'énerves ! Tu parles trop !

Zito - Se faire à bouffer quand on est seul, c'est une corvée… Alors finalement, j'ai décidé de descendre boire un coup, et voilà… Je me suis retrouvé dans la rue, le moral à zéro… Une flaque. J'ai pensé à mon pote qui m'avait parlé de toi…

Léa - Tu vas faire croire ça à qui ? Qu'est-ce tu me veux ? On s'est déjà rencontrés, toi et moi…

Zito - Pourquoi tu t'énerves comme ça ?

Sonnerie portable. Léa fait quelques pas.

Léa *(parlant bas)* - Oui… (…) Quoi ? (…) Vous me dites qu'ils devraient arriver aujourd'hui ? Vous en êtes sûr ? (…) Trouvez-les ! (…) Démerdez-vous, mon vieux ! (…) J'en sais rien comment ils viennent ! Par train, par avion, par voiture, à pied… Trouvez-les, c'est tout ce que je vous demande, vous êtes payé pour ça ! (…) Demain midi dernier carat, sinon vous êtes mort. Je vous fais virer. *(Elle raccroche.)*

Zito - Des ennuis ?

Léa - Tout baigne.

Zito - Heureusement. Je peux pas prendre en charge les problèmes de chacun.

Léa - J'ai rien demandé.

Zito - Et moi, j'ai rien promis. Il y a que les politiques pour faire des promesses. *(Il chantonne.)* « I'm happy, I'm feeling glad... » C'est facile de faire des promesses quand on les tient pas...

Léa *(s'énervant)* - Qu'est-ce que tu veux ?... Tu me cherches ?... Qu'est-ce que tu veux ?

Zito - Je voudrais dormir tranquille. Dormir et, juste avant de fermer les yeux, tourner la tête et regarder un petit bout de bonne femme dormir à côté de moi. Il y a rien de plus beau qu'une femme qui dort. C'est un instantané d'amour qui fait chaud partout.

Léa - Il y a quelque chose qui me plaît pas chez toi. Ta barbe, ton bonnet enfoncé jusqu'aux yeux, tes lunettes... Ça me plaît pas.

Zito - Ça peut pas coller, nous deux. Mon pote avait tort, tu peux pas faire le bonheur de tout le monde.

Léa *(haussant le ton)* - Agresse-moi autant que tu veux, je m'énerverai pas. Je l'ai décidé. J'ai des nerfs d'acier... Des nerfs de pute... Il en faut beaucoup pour me... Pour me... Oh ! et puis regarde-toi ! Je suis sensible à l'apparence, moi ! Et toi, franchement, côté présentation, ça laisse à désirer ! Tu pourrais pas te saper un peu mieux ?

ZITO - Depuis mon RD.F., j'ai des difficultés à me saper.

LÉA - Ton quoi ?

ZITO - R.D.F. Revers de fortune.

LÉA *(très déstabilisée)* - Qu'est-ce que tu veux ?

ZITO - Echanger mes Pokémons avec toi.

LÉA - T'es pas drôle. Salut. *(Elle fait quelques pas.)* T'as fait une fixette sur moi...

ZITO - Gagné ! T'es dans le collimateur... Prostitution, drogue... Ça se fait pas, dans le beau monde. Ça se fait pas... Assez parlé... Ciao, ciao... A un de ces jours... *(Il va pour partir. Il chantonne.)* « I'm happy I'm feeling glad... »

LÉA *(haussant le ton)* - Qu'est-ce que tu viens de dire là ?

ZITO - Pourquoi tu t'affoles ?

LÉA - J'ai des nerfs d'acier. Je m'affole jamais, j't'ai dit.

ZITO - T'es dans le collimateur, j'y peux rien...

LÉA - Va te faire foutre ! *(Elle va pour partir.)* On respire mal ici.

Carillon porte d'entrée.

MIETTE - Tu partais ?

LÉA - Ça fait une plombe que t'es barrée, je vais pas t'attendre toute la nuit !

MIETTE - J'étais chez Asmar, le...

LÉA - ... Paki d'à côté, on sait.

Miette - Il avait du temps et j'avais besoin de parler. Il y a des fois qu'on a besoin de parler.

Léa - Pas à n'importe qui.

Miette - Je parle à tout le monde parce que j'ai personne avec qui le faire. Je tourne des trucs dans ma tête, alors il faut bien que ça sorte. Tous les matins, je me lève, j'm'habille, je me fais belle. Pour qui ? Je voudrais bien que ce soit pour quelqu'un. Comme il y a personne, je le fais pour tout le monde. Pareil pour la discussion. Tu saisis ?

Léa - Parlez-moi de moi…

Zito *(rit)* - Ah ! ah ! ah !

Léa - Pourquoi tu ris ?

Zito - Pour rien.

Léa - Tu ris bêtement.

Zito - Il faut une raison pour rire ?

Léa - Oui.

Miette - Moi j'aime bien rire quand je me lève. Rire et chanter le matin, ça veut dire qu'on est heureux.

Léa - Tu nous les brises.

Zito - Toujours aimable. Ah ! ah ! ah !

Léa - Arrête ce rire idiot !

Zito - C'est-à-dire… Il y a encore une heure, je coulais à pic… Je te rencontre… Ça me fait rigoler.

Miette - On pourrait peut-être rigoler avec vous…

LÉA - Je suis sûre qu'on s'est déjà rencontrés...

ZITO - Regarde cette photo. Regarde-la mieux... Bon... Là c'est toi en train de tapiner, et sur cette deuxième photo, c'est toi sans perruque, sans maquillage, sans hauts talons, en petit tailleur bleu, simple, chic et cher...

LÉA - Va te faire foutre !

ZITO - Encore ! Non, sérieusement, ton mari, il ignore que tu sais dans quelles magouilles il trempe, ou alors, il sait que tu sais, et c'est pour ça qu'il ferme les yeux sur tes nuits parisiennes. *(Il chantonne.)* « I'm happy, I'm feeling glad... » C'est bien ton mari, à côté de toi sur la photo ?... Ben réponds !... T'es devenue amnésique ? Broust, c'est bien ton mari ? Vous êtes à une réception à la mairie, sur cette photo...

MIETTE - Le commissaire Broust ? Ton mari ?

ZITO - La star de la police française.

MIETTE - Le gus qui veut nettoyer la ville par tous les moyens, c'est ton mari ? Et il sait que tu... que tu... que tu es... Je peux pas croire...

ZITO *(imitant Broust)* - « Nos objectifs sont simples : assainir la ville en combattant la drogue, la prostitution et l'insécurité. Nous serons aidés dans notre tâche par le ministre de l'Intérieur... »

LÉA *(le coupant violemment)* - Tu vas la fermer ta grande gueule !

Zito - Tu imagines en première page des journaux la photo de Mme Broust en train de tapiner? Mme Broust se fait tellement chier « at home » qu'elle passe une bonne partie de ses nuits entre les peep-shows et les trottoirs des quartiers les plus chauds…

Léa - Tu veux de l'argent? Tu veux de l'argent?

Zito - Je veux sa peau à cette grosse merde!

Miette - Il parle de ton mari?

Zito - Oui, je parle de Broust. Je veux sa peau parce que dans la catégorie pourri, il est « number one » et qu'il faut que ça se sache. Il touche sur tout : la prostitution et la came! Les flics sont pas tous comme lui, Dieu merci!

Miette - Mon p'tit nom c'est Miette. Allez-y, racontez, ça m'int…

Elle est coupée par l'arrivée de Puck.

SÉQUENCE 5

INTÉRIEUR CAFÉ

Carillon porte d'entrée.

PUCK - Salut Miette ! T'as de la visite, je reviendrai plus tard.

ZITO - Entre... Tu n'as que des amis, ici... Je fais pas les présentations... Madame Broust, Puck... Puck, Mme Broust... T'as des infos toutes fraîches ? Parle sans crainte, j'te dis, on est entre nous...

PUCK - Il me rend fou, lui...

ZITO - Mme la commissaire s'impatiente... Crache ton morceau...

PUCK - Qui c'est ce métèque ? Il me stresse... Vous regardez trop Derrick à la télé, m'sieur... Ça attaque les neurones...

ZITO - T'en fais pas pour moi, gamin. Côté chromosomes, j'ai aucune déficience.

MIETTE - Tu veux un chocolat, comme d'hab ?

Puck - Non merci. Ce soir, j'ai envie d'aller me coucher de bonne heure. Allez, salut. Je m'arrache.

Zito - Si Mme la commissaire te paye pour rien faire, elle va pas être contente.

Miette - J'ai raté un épisode, là. Je comprends plus rien.

Puck - C'est pas grave. Salut tout le monde ! C'est pas que je m'ennuie, mais l'air est plus pur dehors.

Zito - C'est ça, barre-toi, ça nous fera des vacances !

Puck sort. Sonnerie de portable que Léa coupe.

Léa - Merde !

Zito - T'aurais dû répondre... Ton chauffeur de taxi attitré arrive pas à retrouver tes partouzards lyonnais préférés et tu lui réponds pas... C'est pas gentil... Eh oui ! Je sais tout. Bon je continue ?

Miette - Une p'tite mousse avant de continuer ? Parce que j'ai l'impression que ça va être long.

Zito - Si on me prend par les sentiments ! Va pour une mousse. Les meilleurs alliés de Broust, c'est les proxos. Tous des balances. Grâce à eux et à des petits donneurs camés comme Puck, il a réussi à remonter toute la filière de la drogue. Il connaît les fournisseurs et les dealers, et il touche sur tout.

Léa - Tais-toi !

Zito - Quel joli couple ! Maintenant, pourquoi t'en es arrivée là et pourquoi il accepte, j'en sais rien. Tu le tiens... Il ferme les yeux...

Miette - Elle va nous raconter. Hein, tu vas nous raconter ?

Léa - Broust est un salaud.

Zito - Ça, c'est pas un scoop.

Léa - Je l'ai aimé. Beaucoup. Pas lui. Il est incapable d'amour. Son intégrité, sa fiabilité, sa crédibilité, tout ça c'est du bidon.

Zito - Ça non plus, c'est pas un scoop.

Léa - Pour le fric, il a pataugé de plus en plus dans la merde, et moi, à côté de lui, j'ai eu honte. Je l'ai détesté. Pour me venger de ce qu'il était devenu, j'ai décidé de le prendre sur son propre terrain. Je suis descendue dans la rue et je suis devenue Léa. Pour continuer à vivre, je meurs toutes les nuits. Pour lui faire du mal, je deviens ce qu'il est censé combattre.

Miette - Ma mère m'a toujours dit qu'à Paris je rencontrerais du beau monde... Elle avait raison.

Léa - A chaque fois qu'une seringue s'enfonce dans...

Zito *(la coupant très violemment)* - Va pas trop loin dans les détails !

Miette - C'est pas pour me vanter, mais vous l'avez poussée à bout.

Léa - On perd son sang-froid, inspecteur ! Inspecteur Ramazito... Je savais qu'on s'était déjà rencontrés.

Miette - Répète pour voir...

Léa - Inspecteur Ramazito, viré de la police il y a un peu plus d'un an.

Miette - Non ! Pourquoi ?

Léa - La bouteille. Un sérieux penchant pour la bouteille depuis qu'on a retrouvé sa fille dans le vestiaire du peep-show de la rue Lancelot, morte... Victime d'une overdose.

Miette - Oh! la vache! C'est pire qu'à la télé, aujourd'hui. « Mon mari est un ripoux, je me prostitue, c'est mon choix. »

Léa - « Ma fille se flingue à l'héroïne, parce que je me suis jamais intéressé à elle, c'est mon choix. » Manon... Elle s'appelait Manon. Elle en a bavé, mais papa n'a jamais rien voulu savoir.

Miette - C'est vrai ?

Zito - Il y a encore deux ans, j'étais un flic banal. Geulard, macho, gaucho, proche des milieux intellos et des minorités en lutte... Et un jour, bing! la tuile.

Léa - Tu l'as laissée crever, ta fille! Le jour où t'as su qu'elle fricotait avec un p'tit junkie bolivien, tu lui as fermé ta porte!

Zito - Comment tu sais ?

Léa - Elle bossait au peep-show pour gagner de quoi se payer ses fixes... Je lui ai acheté des fringues, du maquillage et de la bouffe... Le peep-show... Le niveau zéro de la merde. Même pas un vrai striptease! Même pas le tapin... L'horreur... Un travail dégueulasse, la chatte à peine cachée et le string bien rentré dans les fesses. C'était ta fille, Ramazito... Viens pas donner de leçons aux autres!

ZITO - Et Broust, il a touché combien sur la piquouze qui l'a tuée ? Hein ? Combien ? Et tous les gamins qui font comme elle sur les trottoirs toutes les nuits, parce que la misère est là et que Broust il en a rien à cirer ? Et toi, tu fermes ta gueule et tu t'envoies en l'air avec des connards pour te venger ?

LÉA - La dernière fois que je l'ai vue, elle était assise sous le porche du Sélect… Toute seule… La seringue était encore dans la p'tite veine bleue… Ça circulait comme sur un boulevard, là-dedans… La peau toute blanche et ce sillon qui battait… J'ai senti un truc qui fait mal. Ça s'appelle la rage. Pour la deuxième fois dans ma vie, j'ai eu la rage…

ZITO - Elle a planté l'aiguille et le liquide a coulé doucement… Tout doucement… Un miracle de chaleur et de douceur. Et le liquide qui envahit tout partout… Elle a fermé les yeux… En une seconde, c'était Hiroshima, le Napalm et Guernica… Un truc qui secoue et, d'un coup, plus rien. C'est comme ça que ça s'est passé.

LÉA - Laisse pas traîner ton fils, prends soin de ta fille, ils sont en danger… On est quitte, inspecteur ? Ça sert à rien de vouloir faire justice soi-même. Tu y arriveras pas. On te laissera pas faire.

En fond musical « Clint Eastwood » très faiblement et jusqu'à la fin.

ZITO - Je voudrais une pression avant de partir.

LÉA - Et un café cognac pour moi.

Miette - Et combien pour mon silence ? Vous pensez tout de même pas qu'après toutes les saloperies que je viens d'entendre, je vais continuer à vous servir comme si de rien n'était ? Ah bon... Vous étiez sûrs que j'allais vous laisser partir « pour solde de tout compte » sans rien demander ? Cent cinquante mille... euros, bien sûr... Cent cinquante mille cash et en petites coupures. Cent cinquante mille ou j'appelle tous les journaux et je leur raconte... Tiens ! Je vous offre vos consommations pour la peine ! Non ?... Ça vous gêne ? Alors pas de pourboire, ce soir c'est Free Taxe.

Musique. « Clint Eastwood » par Gorillaz.

DANS LA MÊME COLLECTION

Qu'importe le flacon...	Jacques Rampal
Voyager nues	Sylvaine Hinglais
Accords parfaits	Louis-Michel Colla
J-Eux	Pascale Bokey
Du sang dans les nuages	Varoujan
Gros temps	André Tardieu
Les Hauts Plateaux...	Patrick Tudoret
Ta gueule, je t'aime	Thierry Samitier
Mademoiselle Chanel	Anca Visdei
Une heure et demie de retard	Gérald Sibleyras et Jean Dell
Dans le secret de la loge	Jean-Claude Sussfeld
Mon violoncelle pour un cheval!	Victor Haïm
Trois dames sur une île déserte	Gilles Abier

AVIS IMPORTANT

Cette pièce de théâtre fait partie du répertoire de la Société des Auteurs et Compositeurs Dramatiques, 11 bis rue Ballu 75442 PARIS Cedex 09. Tél. : 01 40 23 44 44. Elle ne peut donc être jouée sans l'autorisation de cette société.

Nous conseillons d'en faire la demande avant de commencer les répétitions.

Achevé d'imprimer sur presse numérique
par **Sagim-Canale** à Courtry (77)
Premier trimestre 2007 - N° d'impression : 10002
Première édition, dépôt légal : janvier 2006
N° d'édition : 012006
ISBN : 2-35105-013-4